從前從前

—— 噶瑪蘭公主與龜將軍 ——

作　者	蔡曜宇
美術設計	Zoey Yang
社　長	張淑貞
總編輯	許貝羚
行　銷	曾于珊

發行人｜何飛鵬　事業群總經理｜李淑霞　社長｜張淑貞
出版｜城邦文化事業股份有限公司　麥浩斯出版
地址｜104 台北市民生東路二段 141 號 8 樓　電話｜02-2500-7578
製版印刷｜凱林印刷事業股份有限公司

發行｜英屬蓋曼群島商家庭傳媒股份有限公司城邦分公司
客服專線｜ 0800-020-299　csc@cite.com.tw

香港發行｜城邦〈香港〉出版集團有限公司　　電話：852-2508-6231
馬新發行｜城邦〈馬新〉出版集團 Cite(M) Sdn Bhd　　電話：603-9057-8822

2019 年 12 月初版一刷
定價 399 元（港幣 133 元）
ISBN：978-986-408-554-5

Printed in Taiwan

從前從前

宜蘭傳說

★ | 噶瑪蘭公主與龜將軍 |

從前…從前……
　　從前…從前……

在大海最深的地方，有一座綠色的龍宮。

住在龍宮裡的公主，
時常躲在母親最愛的珊瑚花園內，
想念母親的懷抱。

她常常一個人在又黑又冷的龍宮裡，閃躲著父親。

有一天，公主的好朋友龜將軍
為了要安慰她，便帶著她爬上了
龍宮的屋頂聊心事。

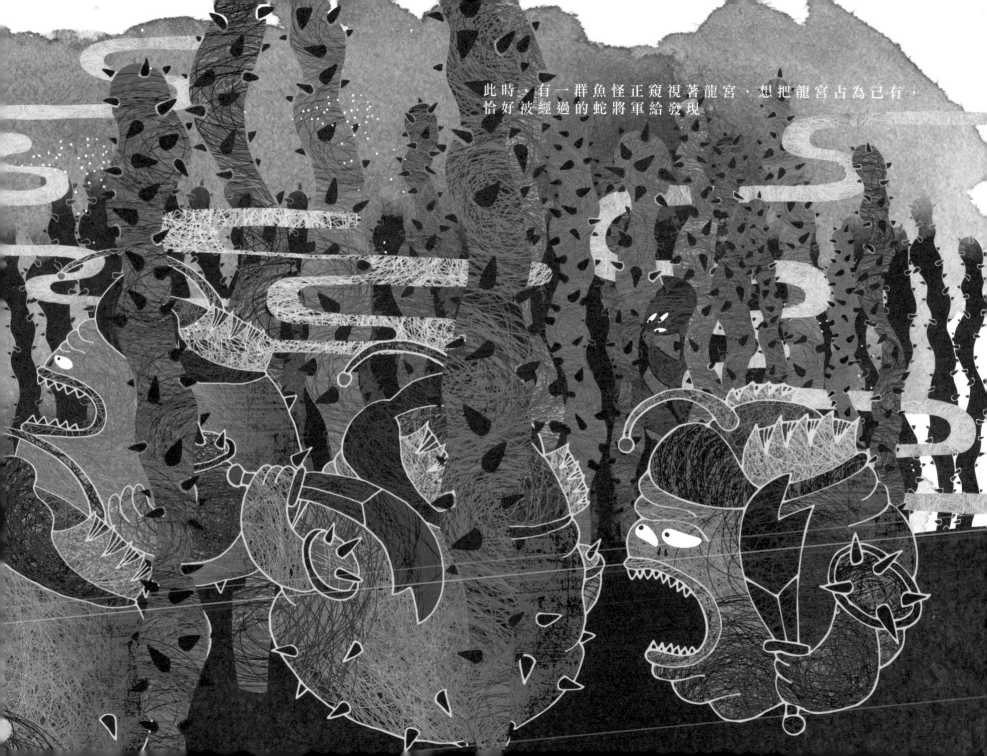

此時，有一群魚怪正窺視著龍宮，想把龍宮占為己有，
恰好被經過的蛇將軍給發現。

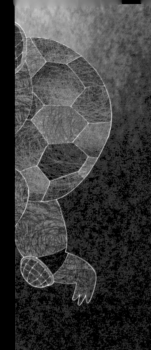

蛇將軍立即獻出良計，請龍王派龜將軍前往迎戰魚怪。

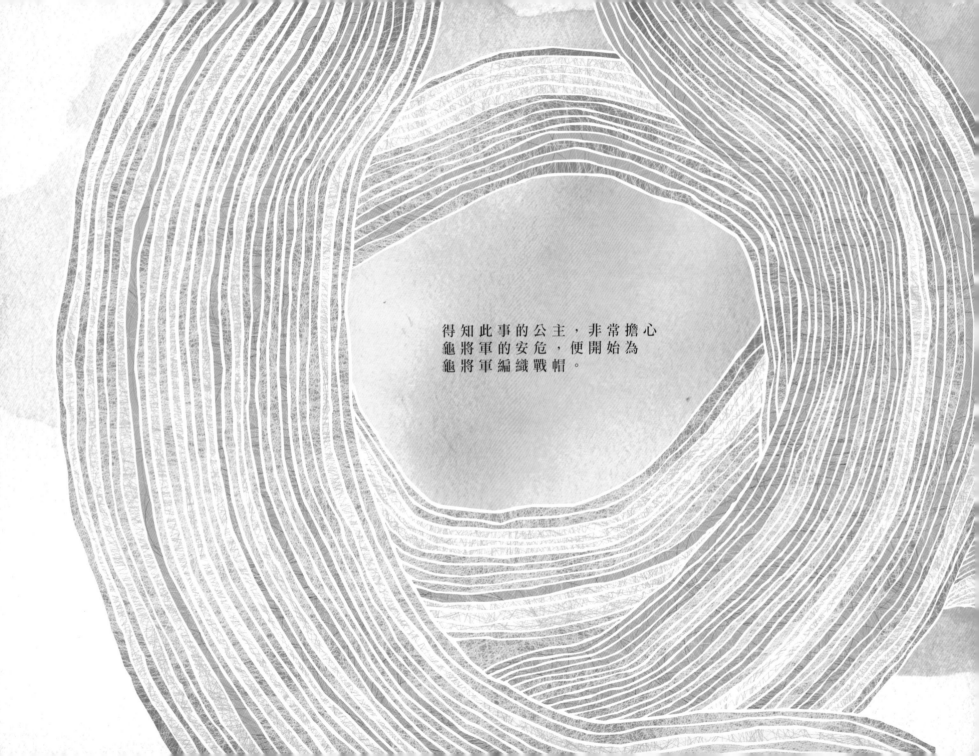

得知此事的公主，非常擔心
龜將軍的安危，便開始為
龜將軍編織戰帽。

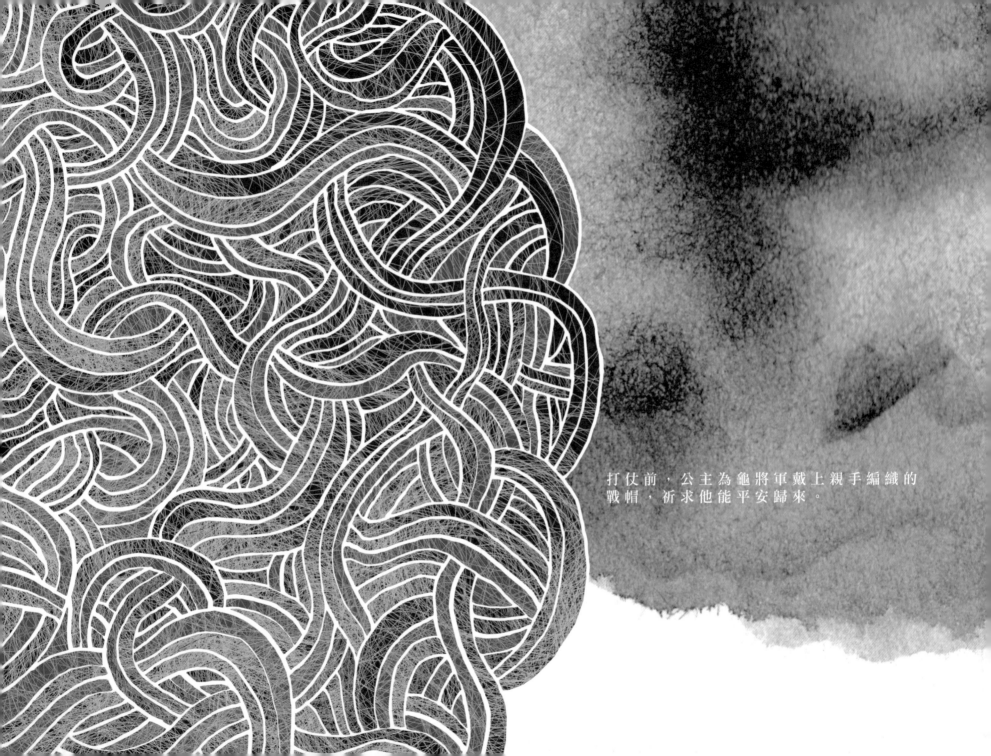

打仗前，公主為龜將軍戴上親手編織的
戰帽，祈求他能平安歸來。

戴著戰帽的龜將軍，奮勇對戰四面埋伏的魚怪，
一棒一棒狠狠地往魚怪身上敲打下去。

經過一番激烈苦戰，終於把魚怪一網打盡。

戰役過後，龜將軍與公主就開始偷偷談起了戀愛，並互許終生，然而，在暗地裡的蛇將軍早已察覺。

蛇將軍把他們相愛的事情向龍王稟報，聽完後的龍王，大怒的揪起蛇將軍，命令他馬上把龜將軍與公主抓起來。

知道此事的龜將軍，就急忙帶著公主逃離龍宮，
卻遇到前來追捕的蝦兵與蟹將。

公主抓回龍宮後，就被關在已枯萎的珊瑚花園內。

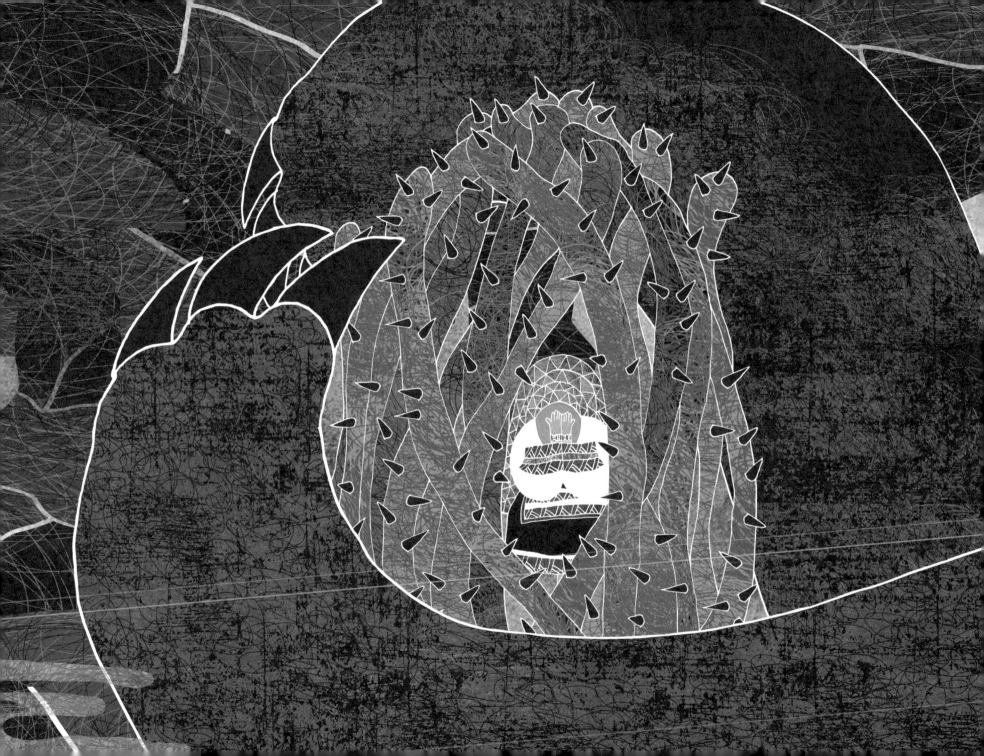

而龜將軍則被驅逐龍宮外，龜將軍在龍宮外用盡全身力量呼喊著
噶瑪蘭公主的名字，卻等不到公主的回應，隨著時間的流逝，
身體慢慢地變成了岩石。

看不到龜將軍的公主，日日夜夜流著淚，身體慢慢化作農田、
頭髮慢慢化作山林、眼淚也慢慢化作溪河。

最後龜將軍變成了龜山島，噶瑪蘭公主變成蘭陽平原，
遵從龍王命令的蛇將軍也變成沿岸的沙丘，
永遠地阻隔著他們。

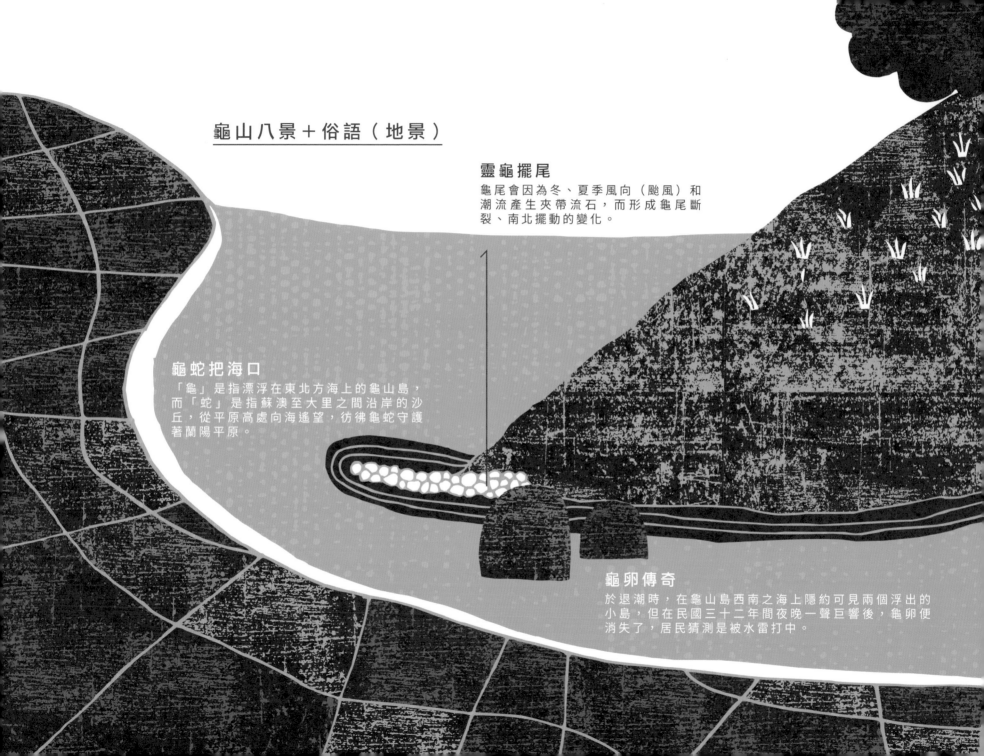

龜山八景＋俗語（地景）

靈龜擺尾
龜尾會因為冬、夏季風向（颱風）和潮流產生夾帶流石，而形成龜尾斷裂、南北擺動的變化。

龜蛇把海口
「龜」是指漂浮在東北方海上的龜山島，而「蛇」是指蘇澳至大里之間沿岸的沙丘，從平原高處向海遙望，彷彿龜蛇守護著蘭陽平原。

龜卵傳奇
於退潮時，在龜山島西南之海上隱約可見兩個浮出的小島，但在民國三十二年間夜晚一聲巨響後，龜卵便消失了，居民猜測是被水雷打中。

神龜戴帽
龜山島也可視為宜蘭氣象台，想預知天氣變化，只要觀望龜山島即可。龜山島龜背上空如果聚雲籠罩，就表示大雨即將來臨。

龜山朝日
每當太陽由太平洋裡緩緩升起，喚醒寧靜沉睡中的蘭陽平原，一天的作息從此開始！

龜岩嶄壁
龜首的壁面，因受地泉湧出海面的影響，火山熔岩冷卻後造成特殊的地質構造，山壁不斷經地震與熱氣薰陶而形成峭壁。

眼鏡洞
因受海水侵蝕而形成兩個半圓形的海蝕洞，從海上眺望形似眼鏡聞名；也是昔日有名的海上夜市。

龜島磺煙
龜首的硫磺礦藏量頗多，噴氣孔噴出大量的硫化氫和二氧化碳形成龜島煙磺。後來因硫磺礦崩陷，沒入海中，東北季風引起磺煙（龜放屁）雖然沒有早期壯觀，但船身靠近龜首時，還能聞到些許硫磺味。

海底溫泉
在龜山島東部海域，龜首臨岸的海面可見到白色氣泡從海裡湧出，海面呈現牛奶顏色，是一種後火山噴氣作用；此種現象又稱為「出磺」。

龜山轉頭
從蘭陽平原弧形海岸線，因為看龜山島的相對位置及角度不同造成的變化，並出現龜山轉頭的視覺效果。

About the Author |

蔡曜宇，台灣澎湖縣人（宜蘭女婿），國立台灣藝術大學視覺傳達設計學系碩士畢業。
在兩個女兒的成長過程中，了解說故事的奧妙，並發覺民間故事逐漸消失的危機，因此開始喜愛收集各個地方的故事，
認為文化養成應從說故事開始做起，且透過繪畫的表達，傳遞地方文化特色與地理環境的氛圍。